SWEET MEMORIES

DULCES RECUERDOS

Kathleen Contreras/Margaret Lindmark

LECTORUM
PUBLICATIONS, INC.

Library of Congress Cataloging-in-Publication Data

Contreras, Kathleen.
Sweet Memories / Kathleen Contreras; illustrated by Margaret Lindmark—Dulces recuerdos / Kathleen Contreras; ilustrado por Margaret Lindmark.
pages cm.
Summary: While enjoying an icy fruit popsicle called a paleta, Abuelo tells his grandchild the story of the first paleta. Includes historical note.
ISBN 978-1-933032-91-7
[1. Ice pops--Fiction. 2. Grandfathers--Fiction.
3. Mexican Americans--Fiction. 4. Spanish language materials--Bilingual.]
I. Lindmark, Margaret, illustrator II. Title. III. Title: Dulces Recuerdos.
PZ73.C6577 2014
[E]--dc23
2014004681

ISBN 978-1-933032-91-7
Printed in Malaysia
10 9 8 7 6 5 4 3 2 1

Tling, tling, tling…Here comes the *paletero*, pushing his popsicle cart down our street! *Tling, tling, tling*…ring the cart's golden bells.

"*Paletas!* Popsicles!" he shouts. "Delicious, ice-cold *paletas* for sale!"

I run to the pushcart and peek into the ice-cold case. I see a rainbow of summer colors—yellow, orange, lime, and red—all made of delicious fruit.

"Two strawberry *paletas*, please," I request politely. One popsicle for me, one for my grandfather, who is sitting on the front porch.

"Did I ever tell you the story about the first *paletas*?" asks Abuelo, licking his frozen treat.

"Yes, but tell me again!" I say, with my strawberry-stained lips.

Sometimes, Abuelo repeats stories and forgets things, so I help remind him. I love his stories, even if I've heard them before.

Tilín, tilín, tilín… aquí viene el paletero, empujando su carrito con paletas por nuestra calle. *Tilín, tilín, tilín*… suenan las campanitas doradas.

—¡Paletas! ¡Paletas! —grita el paletero—. ¡Se venden paletas deliciosas!

Yo corro hasta el carrito, me asomo al cajón helado y veo un arco iris de colores veraniegos: amarillo, anaranjado, verde y rojo. Todos hechos con deliciosas frutas.

—Dos paletas de fresa, por favor —le pido amablemente.

Una paleta para mí y otra para mi abuelo que está sentado en el porche.

—¿Alguna vez te he contado cómo surgieron las primeras paletas? —me pregunta mi abuelo mientras saborea la suya.

—¡Sí, pero cuéntamelo otra vez! —le contesto con los labios manchados de fresa.

Algunas veces abuelo repite historias o se le olvidan cosas, y yo lo ayudo a recordarlas. Me encantan los cuentos del abuelo, aunque los haya escuchado antes.

"The first *paletas* were made in the early 1940s, in a small town in Mexico called… hmm…I forget," he says.

"Tocumbo, in the state of Michoacán," I remind him.

"Right," says Abuelo. "Tocumbo. Two brothers, Luis and Ignacio, and a friend, Agustín, had an idea to make money. They wanted to start their own business. A family business. A business that would be popular anywhere."

"I know! Popsicles! *Paletas!*" I say.

"Yes!" says Abuelo. "They wanted their very own *paletería* or popsicle shop, as fresh fruit for *paletas* is available year-round."

"They named their popular *paletería, La Michoacana*, after our home state" says Abuelo.

"You know, eating *paletas* is…like…" he says, searching for the words.

"Like eating ice cream on a stick!" I say, finishing his sentence.

"*Sí!*" he says, nodding yes. "But, have you ever had an ice cream cone melt and flop over on a hot day? Not *paletas*. They're frozen, like the snow on top of…

"Volcanoes in Mexico!" I shout, with excitement.

"Yes," says Abuelo, giving me a hug.

—Las primeras paletas se hicieron a principios de 1940, en un pueblito llamado… mmm… se me olvida —me dice.

—Tocumbo, en el estado de Michoacán —le recuerdo.

—Correcto —dice mi abuelo—. Tocumbo. A dos hermanos, Ignacio y Luis, y a su amigo Agustín, se les ocurrió una idea para ganar dinero. Querían tener su propio negocio, un negocio familiar. Un negocio que fuera popular en todas partes.

—¡Ya sé! ¡Paletas! ¡Paletas! —le digo.

—¡Sí! —dice el abuelo—. Ellos querían establecer su propia paletería, ya que las frutas para hacer paletas están disponibles todo el año.

—A su paletería le pusieron La Michoacana, por Michoacán, nuestro estado natal —dice el abuelo—.   Ya sabes, comer paletas es… como… como…

—¡Como comer nieve en un palito! —termino yo la oración.

—¡Sí! —asiente el abuelo con la cabeza—. Pero, ¿alguna vez un cono de helado se te ha derretido y se te ha caído al suelo en un día caluroso? A las paletas no les pasa eso. Están congeladas, como la nieve sobre los… los…

—¡Volcanes en México! —grito emocionado.

—Sí —dice el abuelo abrazándome.

"Anyway, everyone in town lined up for their favorite flavor! I can still hear the people say, 'I'll take coconut…Make mine mango with chile…Two watermelon *paletas*, please.' Since there were always lines of people, they decided to open another shop, but this time, in Mexico City. One tiny shop in the big city. People lined up for blocks waiting for *paletas*! Later…, the brothers saved their money and opened a second *paletería* there…"

"Then a third and a fourth!" I continue.

He adds, "They invited their…their…"

"Cousins" I say.

"Yes, their cousins helped make hundreds of *paletas*. Soon, their friends and neighbors from…from…"

"Tocumbo," I say.

"Yes, Tocumbo," he repeats. "Family and friends packed their suitcases and traveled to the big city to help the two brothers. Later, the friends borrowed money to open their own shops in large cities and small towns all over Mexico. *Paleterías* soon multiplied…"

"Like rabbits!" I say.

"Yes, family to family, friends to friends…," Abuelo pauses.

"Neighbor to neighbor," I finish his sentence.

"They pooled their money to open their own paleterías," says Abuelo. "Everyone said, '*Hoy por ti, mañana por mí*' or 'Today is for you, tomorrow for me.'"

—Como te decía, ¡todos en el pueblo hacían cola para comprar su sabor favorito! Todavía me parece oír a la gente diciendo: "Una de coco...". "La mía de mango con chile...". "Dos paletas de sandía, por favor". Como siempre se formaban unas colas largas, decidieron abrir otra paletería, pero esta vez, en la Ciudad de México. Una tienda pequeña en esa ciudad tan grande. ¡La gente formaba colas de cuadras para comprar las paletas! Los hermanos ahorraron dinero y abrieron una segunda paletería allí...

—¡Y luego una tercera y una cuarta! —agrego.

—Invitaron a sus... sus... —continúa el abuelo.

—Primos —le digo.

—Sí, y sus primos los ayudaron a hacer cientos de paletas. Pronto, sus amigos y vecinos de... de...

—Tocumbo —completo yo.

—Sí, Tocumbo —repite él—. Su familia y sus amigos prepararon las maletas para viajar a la gran ciudad y ayudar a los dos hermanos. Después, los amigos pidieron prestado dinero para abrir sus propias paleterías en ciudades grandes y pueblos pequeños de todo México. Las paleterías se multiplicaron rápidamente...

—¡Como conejos! —exclamo yo.

—Sí, de familia a familia, de amigos a amigos... —el abuelo hace una pausa.

—De vecino a vecino —termino yo la oración.

—Ellos reunieron dinero para abrir sus propias paleterías —dice el abuelo—. Todos decían: "Hoy por ti y mañana por mí".

I could tell Abuelo misses Mexico, as he shared his sweet memories of home. Memories frozen, like *paletas*, in his mind.

"Maybe I can bring back even more of these sweet memories for him," I think to myself.

The next day, I say, "Let's go to the mercado to buy fruit to make our own *paletas*!" gently pulling Abuelo's hand to walk to the market. We buy ripe strawberries, delicious mangos, juicy limes, and a huge watermelon.

"See, Abuelo, these will be perfect for making our own *paletas*!"

Me doy cuenta de que abuelo extraña México, cuando evoca los dulces recuerdos de su país natal. Recuerdos congelados en su mente, como paletas.

"Quizás yo podría ayudarlo a rescatar más de esos dulces recuerdos", pienso.

Al día siguiente, le digo:

—¡Abuelo, hay que ir al mercado a comprar frutas para hacer paletas!

Lo tomo suavecito de la mano y lo llevo al mercado. Compramos dulces fresas, mangos deliciosos, limones jugosos y una sandía enorme.

—Mira, abuelo, ¡estas frutas son perfectas para hacer nuestras propias paletas!

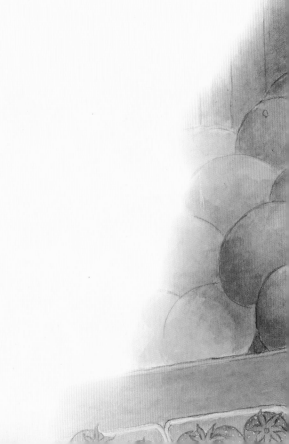

Once we're home, we peel the mangos, blend them with lime juice, honey, and a sprinkle of chili powder, and pour the mixture into molds, shaped like tiny shovels or *palas*. We put a thin wooden stick inside each mold, so we can hold the *paletas* once they are frozen.

Listo! Ready to eat in a few hours!

Cuando regresamos a casa, pelamos los mangos, los licuamos con jugo de limón, miel y una pizca de chile. Luego, vaciamos la mezcla en moldes con forma de palitas pequeñas y les ponemos un palito a cada una para poder agarrar las paletas cuando se congelen.

¡Listo! ¡Podremos comérnoslas en unas cuantas horas!

Later, Abuelo shares a sweet memory with each lick of our mango *paletas*.

"When I taste tropical fruit—mango, coconut, guava or banana—I remember trips to the beautiful Mexican coast where I met your Abuela," he says, with a sparkle in his eyes. "She was walking down the street, eating a mango paleta. I asked her where she had bought it and she walked with me around the corner to the *paletería*, where they sold many flavors."

Después, el abuelo comparte un dulce recuerdo con cada mordida de nuestras paletas de mango.

—Cuando pruebo las frutas tropicales —mango, coco, guayaba o plátano—, recuerdo los viajes a la bella costa mexicana donde conocí a tu abuela —me dice con un brillo en la mirada—. Ella caminaba por la calle, mientras comía una paleta de mango. Le pregunté dónde había comprado la paleta y me llevó a la vuelta, a la paletería donde vendían muchos sabores.

The following day, Abuelo and I make sweet strawberry popsicles.

"I love red flavors," says Abuelo, "like red cactus fruit, watermelon, and hibiscus flowers. They remind me of your Abuela, and the red flower she wore in her hair when we strolled down the street. So many sweet memories!" he says.

He pauses to enjoy the strawberry popsicle.

"Do you like sweet *and* spicy?" he asks.

"Yes!" I quickly say.

"Then you'd love *pico de gallo*, with chunks of watermelon, cucumber, mango, pineapple, lime, salt, and chile," says Abuelo. "That's your *tía Lupe's* favorite."

Al día siguiente, el abuelo y yo hacemos paletas de fresa.

—Me encantan los sabores rojos —dice el abuelo—, como el de la tuna del nopal, el de la sandía y el de la Jamaica. Me recuerdan a tu abuela y la flor roja que llevaba en el pelo cuando caminábamos por la calle. ¡Tantos dulces recuerdos!

Se detiene para saborear la paleta de fresa.

—¿Te gusta lo dulce y lo picoso? —me pregunta.

—¡Sí! —le respondo enseguida.

—Entonces, te gustará el pico de gallo, con trozos de sandía, pepino, mango, piña, limón, sal y chile —dice el abuelo—. Ese es el sabor favorito de tu tía Lupe.

"How about creamy and sticky?" he asks.

"Mmm…" I say, patting my tummy.

"Then you'll love the *paleta de cajeta*, or fresh caramel. That's one of Abuela's favorites. When your *mamá* was a little girl, she loved *paletas* flavored with Mexican chocolate and *arroz con leche*, or rice pudding," remembers Abuelo, with a smile on his face.

"It's like two desserts in one!" I say, my mouth watering.

"Do you like sweet *and* spicy?" he asks again.

It doesn't really matter that he repeats himself. Abuelo's stories are fun to hear again and again.

—¿Y qué tal cremoso y pegajoso? —vuelve a preguntar.

—Mmm… —digo frotándome la panza.

—Entonces te encantará la paleta de cajeta, que tiene sabor a caramelo. Ese era uno de los sabores favoritos de tu abuela. Y a tu mamá, de niña, le encantaban las paletas con sabor a chocolate y arroz con leche —recuerda el abuelo con una sonrisa en la cara.

—¡Es como dos postres en uno! —digo con la boca hecha agua.

—¿Te gusta lo dulce y lo picoso? —me pregunta otra vez.

No importa que el abuelo repita las preguntas y los cuentos. Es divertido escuchar sus historias una y otra vez.

The next warm day, our neighbor Fernando helps us make icy watermelon *paletas*. He cuts the giant watermelon into small pieces. Abuelo removes the seeds. We use the blender to make a frothy watermelon juice mixed with lime and honey and pour it into molds.

After a few hours in the freezer, our refreshing watermelon pops are ready. We sit on the front porch and listen to Abuelo's story…

Al día siguiente, nuestro vecino Fernando nos ayuda a hacer paletas de sandía. Corta la enorme sandía en pedazos pequeños. El abuelo le quita las semillas. Usamos la licuadora para hacer un jugo de sandía espumoso con limón y miel y luego lo vaciamos en los moldes.

Después de unas cuantas horas en el congelador, nuestras refrescantes paletas de sandía están listas. Nos sentamos en el porche y abuelo nos cuenta…

"All over Mexico, near schools, churches, plazas, parks, and soccer fields—a *paletería* is nearby," says Abuelo, sitting in his favorite chair.

"Or the *paletas* come to you when the *paletero* pushes his cart around the neighborhood, ringing the cart's bells!" he continues. "Tling, tling, tling. Everyone—children, teens, families, and, even *abuelos*—lines up to buy *paletas*!" he says, his eyes alive with remembering.

"Nowadays, *Paleterías La Michoacana* blossom everywhere, like sweet fruit," says Abuelo. "They've even crossed borders from Mexico to the United States."

"Just like we did!" I say, with pride in my heart.

"Yes! Just like us," says Abuelo, giving me a hug.

—En todo México, cerca de las escuelas, las iglesias, las plazas, los parques y los campos de fútbol, hay una paletería —dice el abuelo sentado en su silla favorita—. O las paletas vienen a donde tú estás cuando el paletero empuja el carrito por el barrio y hace sonar las campanitas: tilín, tilín, tilín. Todos, niños, jóvenes, familias y hasta abuelos, hacen fila para comprar paletas —dice con los ojos avivados por el recuerdo—. Hoy en día las paleterías La Michoacana florecen por todas partes, como frutas dulces. Hasta han cruzado la frontera de México a Estados Unidos.

—¡Como nosotros! —digo yo, con el corazón lleno de orgullo.

—¡Sí! Como nosotros —dice abuelo dándome un abrazo.

"I've seen *La Michoacana* shops in many states," says our neighbor Fernando, a truck driver, who travels across the country. "They are in California, Texas, Florida, Pennsylvania, Illinois, Tennessee, and even New York City!"

"Look, here comes the *paletero* now!" he says.

"*Tling, tling, tling...*" a young *paletero* rings the golden bells on his pushcart as he walks down our street.

"*Paletas! Paletas!*" the paletero shouts, while ringing the cart's bells.

"*Tling, tling, tling...*Sweet, ice-cold *paletas* for sale!," he stops in front of our house.

—He visto tiendas de La Michoacana en muchos estados —dice nuestro vecino Fernando, que es camionero y viaja por todo el país—. Están en California, Texas, Florida, Pensilvania, Illinois, Tennessee ¡y hasta en la ciudad de Nueva York!

—Mira, ¡por ahí viene el paletero! —dice el abuelo.

Tilín, tilín, tilín. Un paletero joven hace sonar las campanitas de su carrito a medida que camina por la calle.

—¡Paletas! ¡Paletas! —grita el paletero, sin dejar de tocar las campanillas.

Tilín, tilín, tilín…

—¡Vendo paletas dulces y heladas! —dice y se para frente a nuestra casa.

Abuelo has a smile on his face. His mind is rejuvenated remembering the sweet tastes, smells, and sounds of his beautiful Mexico.

Our family, friends, and neighbors pool money together and buy *paletas* for everyone.

"Food shared together always taste better," says Abuelo.

"Mmm...*horchata*!" says Abuelo, licking a sweet, creamy, rice flavored *paleta*. "*Paletas* taste like home. Just like home."

Abuelo tiene una sonrisa en el rostro. Su mente ha rejuvenecido, recordando los dulces sabores, olores y sonidos de su hermoso México.

Nuestra familia, amigos y vecinos reúnen dinero para comprarles paletas a todos.

—La comida compartida siempre sabe mejor —dice abuelo.

—¡Mmm… horchata! —dice abuelo saboreando una paleta de arroz, dulce y cremosa—. Las paletas tienen el sabor de mi hogar.

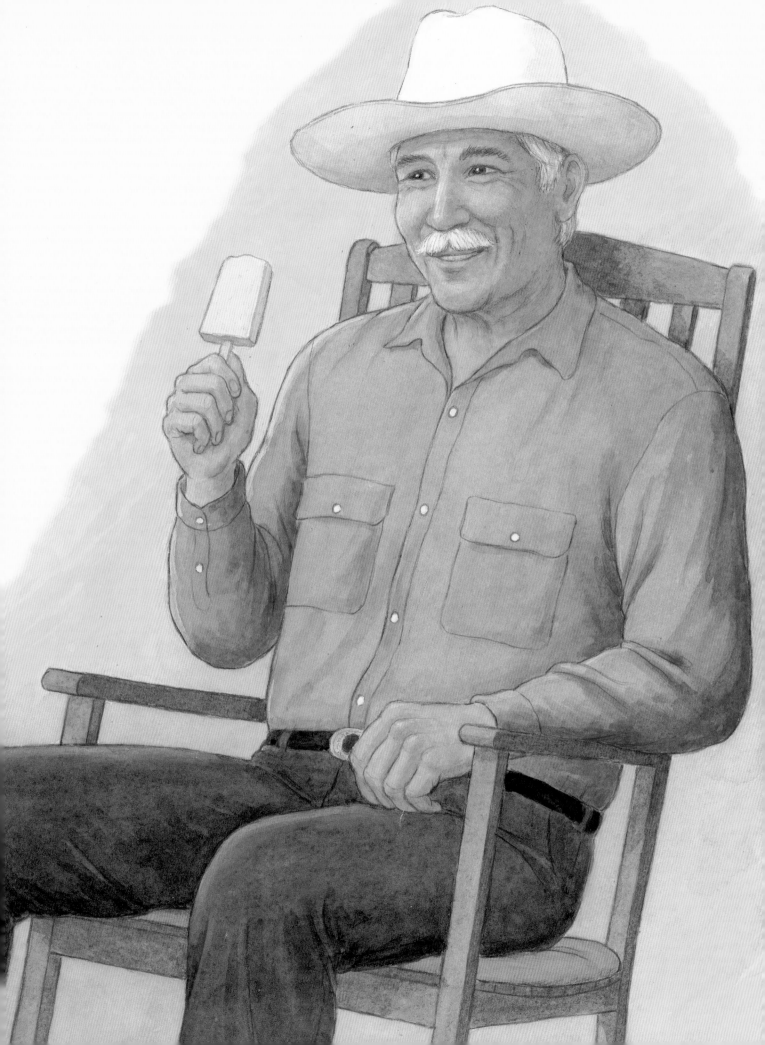

"Did I ever tell you the story of the first *paletas*?" he says.

"Yes, but tell me again," I say, enjoying a creamy, nut-flavored *paleta*. "Refresh my memory!"

"Well, it all started in Mexico…" repeats Abuelo.

Abuelo's memory may be fading, but his stories of Mexico will last our family and friends a lifetime.

Now, which *paleta* shall I eat next?

—¿Alguna vez te he contado cómo surgieron las primeras paletas? —dice.

—Sí, pero cuéntamelo otra vez —le digo, mientras saboreo una paleta cremosa de nuez—. ¡Refréscame la memoria!

—Pues todo empezó en México… —repite el abuelo.

Es posible que la memoria del abuelo esté fallando, pero sus cuentos sobre México les durarán toda una vida a nuestra familia y a nuestros amigos.

Ahora, ¿qué paleta me comeré?

Author's Note:

In the mid-1940s, Ignacio Alcázar, his brother Luis, and their friend Agustín Andrade, opened a small business selling *paletas* in their hometown Tocumbo, in the state of Michoacán, Mexico. Once successful there, they decided to travel to Mexico City to open a *paletería* in the nation's capital, and it worked! More and more people asked for more and more *paletas*. Soon they expanded as business continued to grow. They sold *paletería* franchises to friends, family, and neighbors from Tocumbo, who learned the art of making *paletas* from the three entrepreneurs.

Soon, their *paletería* became the most successful small business idea in all of Mexico, now known as La Michoacana. Currently, there are over 15,000 *La Michoacana paleterías* in Mexico and even more pushcarts selling the sweet treats that started in Tocumbo. This small business model has produced thousands of jobs in Mexico, and even some in the U.S. Every *paletería* is opened from morning to night, every day of the year. Each *paleta* is made from all natural ingredients and many stores adapt the flavors they sell to incorporate local produce.

Now, every December, families and friends from all over Mexico and the U.S. return home to Tocumbo, Mexico—the town that created *paletas*—to celebrate the holidays together. A huge sculpture of a giant *paleta* with a blue planet in the middle surrounded by small colorful *paletas* welcomes them. Everyone celebrates at a huge fair in December—*La Feria de la Paleta*—where everyone eats, can you guess? *Paletas!*

Nota de la autora:

A mediados de los años 40 del siglo pasado, Ignacio Alcázar, su hermano Luis, y su amigo Agustín Andrade, abrieron un pequeño negocio para vender paletas en su pueblo natal de Tocumbo, en el estado de Michoacán, México. Como les fue bien en su pueblo, decidieron viajar a Ciudad México para abrir una paletería en la capital, ¡y funcionó! Cada vez más gente venía a comprar paletas. Pronto se ampliaron y el negocio siguió creciendo. Vendieron la franquicia de las paleterías a amigos, familiares y vecinos de Tocumbo, que aprendieron el arte de hacer paletas de los dos hermanos y su amigo.

Muy pronto, las paleterías se convirtieron en el negocio pequeño más exitoso de todo México: La Michoacana. En la actualidad, hay más de 15.000 paleterías La Michoacana en México y aún más carritos que venden el dulce manjar que nació en Tocumbo. Este modelo de negocio pequeño ha generado miles de puestos de trabajo en México, y otros más en los Estados Unidos. Cada paletería abre desde la mañana hasta la noche, todos los días del año. Cada paleta se hace con ingredientes naturales, y muchas adoptan los sabores de la región donde esté la tienda, de modo que puedan usar las frutas más frescas posibles.

Ahora, cada diciembre, las familias y los amigos de todas partes de México y los Estados Unidos regresan a su hogar en Tocumbo —el pueblo donde se crearon las paletas— para celebrar las fiestas juntos. Una escultura monumental de una paleta gigante con un planeta azul en el medio rodeado de paletitas de colores les da la bienvenida. Entonces, el pueblo se reúne a celebrar en una feria gigantesca, "La feria de la paleta", donde todos comen —¿a que no adivinas?—: ¡paletas!